しりこのまなざし

～ソネット、クリスマスローズ、エーデルワイス～

目次

序文にかえて

ようこそ、いらっしゃいました。
しばらくのあいだ、僕の綴った作品たちに、お付き合い下さい。
この本に手を差し伸べていただけて、とてもうれしいです。
純真なる想いをこめて、ありがとうございます。
闘病生活のなかで生まれた物語に、そっと寄り添っていただければ光栄です。
読み終えたあと、皆様の「心」に、優しい風が吹いていますように……。

しりこ

ソネット

2014 年出版（しりこ当時 42 才）

第一章（ソネット）

シゲルは、自滅してゆくかのように、時を過ごした。

狂った世界の中にいた。

大量の抗鬱剤と精神安定剤をジンジャーエールで飲みほし、窓越しに朝焼けのアンニュイな空をぼんやりと眺めては、大きな溜息《ためいき》をつく。

激しい頭痛を紛《まぎ》らわす為、部屋には、ビートルズの『ヘルター・スケルター』が繰り返し流れていた。


十七年前に、ベーチェット病という難病……いわゆる不治の病の宣告を受けた。

ベーチェット病には、さまざまな症状があるが、シゲルの場合、失明する可能性がある。

毎夜、眠りに就《つ》く時、シゲルは、不安でたまらない。

……明日の朝、失明していたら……。

そして、目が覚めた時、天井が見えると、シゲルは、胸をなでおろす。

今朝もまた、ちゃんと目が見えていた。

シゲルは、心の底から安心する。

健常者にとっては、当然の事であるが、シゲルにとっては、それだけで特別な事である。

失明に対する不安は、シゲルを心身共に苦しめる。

やがて、不眠症に陥《おちい》り、心療内科へ通院するようになった。

精神科医は、シゲルに対し、不安神経症であると診断した。


二〇〇九年の夏、シゲルの身体に異変が生じた。

大学病院でエックス線検査を受けたところ、インピンジメント症候群《しょうこうぐん》という骨の病気が判明し、手術が必要となった。

難病のベーチェット病、インピンジメント症候群など、次々と告げられる病名に、シゲルの精神状態は、限界であった。

……死にたい。いっそのこと、死んでしまいたい……。

ぐったり疲れ果てた身体と心。
シゲルは、人生に終止符を打とうと決めた。
すると、その時である。
ひとすじの光が、シゲルを照らした。

それは……。

第二章 (ソネット)

シゲルが生まれたのは、一九七一年。戦後、第二次ベビーブームの時期である。高校卒業後、いったん就職したが、この国の福祉の法律について学びたいと思い、大学受験を志した。

なぜ、福祉の法律なのか？

シゲルは、高校時代から、福祉ボランティア活動に励んでいた。

その時、常に疑問に思っていた事がある。

たとえば、地下鉄。ホームから改札口へ向かう際、当時は、ほとんど『のぼり』専用のエスカレーターしかなかった。身体に障害のある者にとって、階段を下っていくのは、どれだけ困難であろうか。なのに、『くだり』ではなく、『のぼり』のエスカレーターばかり目立つ。これは、健常者の目線で見た社会であって、身体に障害のある者の目線で見た社会ではない。シゲルは、そんな現状について疑問に思い、福祉の法律を学べる大学へ進学した。

同年代より二年遅れての入学である。

シゲルは、大学の授業料を稼ぐ為、測量登記事務所でアルバイトをしていた。

炎天下の中、土地の面積を測る仕事である。

午前から、測量登記事務所で働き、仕事が終わると、大学の講義に出席する。

日によっては、作業服のまま、大学へ行っていた。

そして、講義が終わると、深夜まで居酒屋にて皿洗いのアルバイトに徹していた。

バブル全盛期の時代、きっと他の学生には、シゲルの姿が不思議に見えていただろう。決して現代っ子とはいえない生活であった。

そんなシゲルを理解する学友がいた。彼の名は、浅田ヒロシ。

シゲルと同じ法学部のゼミの受講生である。

浅田は、シゲルより二歳年下で、シゲルを兄のように慕っていた。

「シゲルさん、急がないと講義に遅刻するよ」

「待ってよ、浅田君」

「どうしたの？　シゲルさんの足、引きずってるように見えるけど？」

「何だかわからないけど、この頃、右足首が痛むんだ」

「大丈夫?」

「うん……」

この時、すでにベーチェット病の症状が徐々に出始めていた。

シゲルは、法学部のゼミの卒業論文で、医療費の公費負担において、難病者が受ける特定疾患医療受給者証について綴り、教授に提出した。

まさか一年後に、自分がその特定疾患医療受給者証を手にするとは知らずに……。

運命は、皮肉《ひにく》である。

第三章 （ソネット）

卒業。そして、就職。

シゲルは、社会人となった。

相変わらず、右足首の激しい痛みに苦しむシゲルである。

今朝もまた右足を引きずりながら、憂鬱な歩幅で仕事場へ向かった。

そこは、とある町の工場地帯。決して慣れる事のない悪臭漂う川沿いを歩き、煙突から流れるケムリに、シゲルは、毎朝、咳こみつつ出勤していた。

時計の針が午前九時をさした瞬間、一斉に機械が作動し、町全体が時を忘れる。

直径二センチ程の長い鉄棒を一センチずつ切断し、六角形に型取り、中央に溝穴を開け、六角ナットという種類のネジの部品を作る。それがシゲルの仕事だ。

熱蒸気が汗となって身体を伝わり、幾らタオルで拭いても汗が止まらず、その上、鉄油のしぶきが顔にぶつかり、常に鉄油の匂いが鼻についていた。

製造中に排出される鉄屑を五〇立方センチ程の容器に集めて移動させる作業が非常に困難で、右足首に障害のあるシゲルにとっては、なおさら厳しかった。

シゲルは、数ヶ月前から市民病院へ通っているが、何度、診察を受けても、足首の痛みは、原因不明であった。

この日もまた仕事の休憩時に、会社の近くにある市民病院の整形外科へ行った。

「エックス線検査の結果、異常は、ありませんよ」

「でも、痛みがひどくなってるんです」

「力仕事が原因ではないですか？」

「足首の痛みは、就職前からです」

「とりあえず様子をみましょう。抗生物質を出しますので服用して下さい」

「は、はい……」

何か煮え切らないまま、シゲルは、病院を出て、仕事場へ戻った。

再び作業服に袖を通す。鉄油でひんやりとした作業服が、シゲルの心をいっそう重々しくさせた。

そして、抗生物質を試して、ちょうど三日目。この抗生物質が適さなかったのか、副作用により、湿疹のような皮膚炎が身体に生じていた。それは、異常な痒《かゆ》みを伴い、掻《か》きむしる為、肌が血塗れとなる事が頻繁であった。

それでも、シゲルは、仕事を休まずに働きつづけていた。鉄油を含んだ作業服が肌に密着して、皮膚炎が化膿し、壮絶な激痛が身体を苦しめるが、シゲルは、耐えた。ひたすら耐えていた。耐えるしかなかったのだ。

しかし、仕事のペースは、下がりつつあり、このままだと会社に迷惑をかけてしまうと考えたシゲルは、仕方なく辞表を提出しようと決心した。

『一身上の都合により退職を願います』

辞表には、この一行だけで、他には、いっさい書かなかった。

なぜなら過労が原因ではないと、シゲルは、確信していたからである。

きっと、他に何か原因があるのではないか……と、シゲルは、推測していた。

第四章 (ソネット)

灰色の空に湿った風が流れる雨の朝、シゲルの目に異変が起きていた。

シゲルの目は、うさぎの目のように赤く変色し、空気が染みてズキズキと痛み、どろりとした透明の液が目から流れて絶えず頰を伝う。

すぐに近所の商店街にある眼科へ行った。

「あのぅ、初診なんですけど……」

眼科の受付担当者が、シゲルの炎症した目を見て、慌てながら診察室にいる眼科医を呼んだ。眼科医は、シゲルの真っ赤な目を見て言った。

「あらあら、大変。こんなに炎症して。なぜ、もっと早く病院へ来なかったの？今すぐ診察するから」

「すみません」

「いつから目が赤くなったの？　二週間前？　三週間前？」

「今朝です」

「えっ？　今朝？　急に？」

眼科医は、深刻な表情で、シゲルに問いかけた。

「他に症状は？　たとえば、身体のどこか痛むとか」

「右足首が痛みます」

「ここに来るまでに病院で検査は？」

「以前、勤務していた会社の近くにある市民病院でエックス線検査を受けたんですけど、整形外科の先生は、特に異常はないと言っておられました」

「その市民病院では、どんな治療を？」

「一応、抗生物質をいただいたんですけど、体に適さなくて」

「要するに、エックス線検査で判明せず、薬で足首の痛みが治らず……ですね」

眼科医は、何か思い当たる節があるかのように、診察をつづけた。

「じゃあ、口の中を見せてくれる？」

「はい」

「口内炎がいっぱいありますね。こんなにあると痛むでしょう？」

「は、はい。痛くて、痛くて……」

眼科医は、何か確信していた。そして、落ちついた口調でシゲルに告げた。

「まずは、目の炎症を治す事から始めましょう。眼注しますので、そこのベッドで横になって下さい」

「眼注って？」

「炎症してる目にステロイド剤を注射するんです」

「えっ！　目に注射？　冗談でしょう」

「冗談なんかじゃありません。早く治療しないと、このままでは、失明する可能性があります」

「失明？」

……失明する可能性がある目なのに、涙は、なぜ絶えず流れるのか……。

シゲルは、この現実に失望した。

第五章（ソネット）

シゲルは、眼科医の紹介で、大学病院へ行った。

自分は、いったい何の病気なのか？

その病気は、どんなに困難なのか？

不安な気持ちは、途絶える事なく、時は、憂鬱に流れる。

そんな心情で、内科の診察室に入った。

「初めまして。主治医の高橋です」

「小山《こやま》シゲルと申します」

「眼科医から、だいたいの話は、お聞きしています。まず関節炎、次に目の炎症、そして、皮膚炎と口内炎ですね。他には？」

「今のところは、それだけです」

「なるほど。わかりました。では、しばらく入院していただきます」

「入院ですか？」

「検査入院だと考えて下さい。色々と調べる事がありますので」

入院して一ヶ月が経った頃、シゲルの身体に、副睾丸炎など、さまざまな異変が生じ始めた。

主治医の高橋は、初めから予想していたかのように、シゲルに告げた。

「小山さん、あなたの病名が判明しました」

「えっ？」

「落ちついて聞いて下さいね。小山さんの病名ですが……」

「はい」

「ベーチェット病です」

「はぁ？」

「ベーチェット病です」

「ベーチェット？　ところで、そのベーチェット病って？」

「ベーチェット病とは、厚労省が認める特定疾患《とくていしっかん》です。いわゆる難病の事です。ベーチェット病には、完全型ベーチェット、不全型ベーチェット、腸管ベーチェット、血管ベーチェット、神経ベーチェットなど幾つか種類がありますが、小山さんは、完全型ベーチェットですので、主な症状は、目の炎症、関節炎、皮膚の炎症、口腔粘膜の炎症、外陰部の炎症などです」

シゲルは、とまどいながら、質問をつづけた。

「ベーチェット病は、うつるんですか？」

「うつりません。感染症ではありませんから」

そして、最後に一言、シゲルは、重い口調で主治医に尋ねた。

「この病気って、一生、治らないんですか？」

すると、主治医である高橋は、シゲルの目を見て、しっかり答えた。

「現代医学では、原因不明の難病です。しかし、私たち医師は、この病気の原因解明と治療法について全力で研究しています。前向きに頑張って下さい」

たしかに不安があるけれど、シゲルは、高橋の言葉を信じる事に決めた。現実に立ち向かう事を決めた。こうして、シゲルとベーチェット病との闘いが始まった。

第六章 (ソネット)

大学病院を退院して二ヶ月が経った。退院したが、しばらく病状が落ちつくまで、週に三日は、診察がある為、通院が必要であった。

「このままではいけない。早く仕事に就かなければ……」

シゲルは、社会復帰にあせっていた。

アルバイト求人誌のページをめくっては、仕事探しに励むが、週に三日の通院を要するシゲルにとって、条件の合う職種は、なかなか少なく、厳しかった。

結局、病院の診察後に働ける仕事場として、夕方以降に営業している老舗料亭に決まった。シゲルの担当は、皿洗いである。洗い場と呼ばれる小さな流し台には、客が食べ終わった茶碗、皿、箸などが、ひっきりなしに返ってきて、休む事なく洗いつづけるが、いっこうに食器が減らない。立ち仕事の為、足首を痛めてるシゲルには、かなり重労働であった。

店の料理長が、シゲルに尋ねた。

「おまえ、片足を引きずりながら働いてるけど、ひょっとして何か病気なのか？」

シゲルは、正直に答えた。

「実は、僕、ベーチェット病という難病なんです」

「難病？　それって不治の病？」

「は、はい……」

すると、その瞬間から、店の従業員たちによるイジメが始まった。

「おい、病人！　洗い物が溜《た》まってるぞ！　さっさと動けよ！」

「す、すみません」

「おい、病人！　しっかり働けよ！　このクズ野郎！」

「す、すみません」

休憩時、みんなで緑茶を飲むのだが、シゲルのコップには、ゴミが入っていた。

「おい、病人！　早く飲めよ。おまえは、どうせ病気なんだから、今さら何を飲んだって大丈夫だろ？　平気だろ？　もう病人なんだからさ。ハハハ」

「……」

シゲルは、黙ったまま、そのコップの緑茶を流し台に捨てた。

休憩が終わり、また、シゲルは、労働に徹した。

どんなにつらくたって、仕事を辞めるわけにはいかない。

すべては、生活の為に……。すべては、生きてゆく為に……。


ある日の夕方、店の経営者が、シゲルに言った。

「君には、申し訳ないんだけど、この店、辞めてくれないかな？」

「えっ？　なぜですか？」

「飲食業だから、病人を雇ってるとなると、イメージ良くないし……」

「僕は、たしかに病人です。でも、仕事だって人一倍に頑張ってるつもりです」

「とにかく、本日付けで、店を辞めて下さい」

「は、はい。わかりました」

……好きで病気になったわけじゃないのに……。

シゲルの頬に涙が伝った。
運命を恨んだ。
自分を責めた。
泣くだけ泣いた。
そして、朝焼けの空を眺めながら、涙を拭いた。

落ちこんでばかりはいられない。シゲルは、アルバイト求人誌で、新しい仕事先を見つけた。

シゲルの新しい仕事先は、パン製造工場。新人のシゲルが担当するのは、パンを工場から各店舗へ出荷する際に使うパン箱の洗浄である。朝六時に仕事が始まり、昼二時には、仕事が終わるので、大学病院での診察を受けるのに支障がない。シゲルにとって、最適の職場である。その上、ここの工場長は、シゲルの病気を理解し、従業員一人一人にシゲルの現状を伝え、ここで働くすべての人が、シゲルをあたたかく迎えた。

パン製造工場で働き始めて半年が経った頃、人事部長がシゲルに言った。

「君は、本当によく頑張ってるね。体調のほうは、大丈夫かい？」

「大丈夫です。心配していただき、ありがとうございます」

「実は、前々から考えてたんだけど、君、本社で事務の仕事に就いてみないか？」

「事務の仕事ですか？」

「パン箱の洗浄、かなり体力を使うよね？　今は、大丈夫だとしても、病状が進行した時の事を考えると、君には、事務職のほうがいいと思うよ」

人事部長は、心からシゲルの病気を気遣っていた。

そして、人事部長の薦めにより、シゲルは、本社に移った。

事務を担当するに際し、シゲルには、まだまだ覚える事がいっぱいある。

シゲルが仕事に慣れるまで、同じ事務職のＯＬが教育係として、シゲルの指導にあたった。

彼女の名は、有希子《ゆきこ》。

職場では、シゲルの先輩だが、シゲルと同じ歳である。

「有希子先輩、見積書の作り方を教えていただけますか？」

「先輩って呼ばなくていいよ。シゲルちゃんとは、同じ歳なんだし」

「じゃあ、有希子さんでいいですか？」

「オッケーよ。ただし、敬語を使わないで。何だか照れちゃうよ。私だって、まだ入社して一年目なの。お互い頑張ろうね」

「うん！」

有希子の応援もあって、シゲルは、アルバイトから正社員になった。

「シゲルちゃん、おめでとう」

「有希子さんがいてくれたから」

「違うってば。シゲルちゃんの努力が認められたんだよ」

「ありがとう」

「お祝いしなくちゃね。今から飲みに行かない？」

「いいね。飲みたい！」

二人は、シゲルの行きつけの居酒屋へ行った。

「シゲルちゃん、ここ、よく来るの？」

「あっ、こんな安い居酒屋で良かったかな？」

「ぜんぜんオッケー。私、このお店、何度か来てるんだよ」

「ホントに？」

「うん。私、こういうお店、好きなの」

「良かった」

「私たち、ずっと前から会ってたのかな？」

「ひょっとして……ね」

二人は、ほんの少しだけ見つめあった。

軽く食事を終えて、次は、有希子の行きつけのバーへ行った。

「シゲルちゃん、どんな音楽を聴いてるの？」

「佐野元春とか、ブランキージェットシティとか」

「ロック、好きなんだね。今度、一緒にライヴ行こうよ」

「そうだね。行きたいね」

こうして、二人の距離は、少しずつ近くなっていった。

「ところで、シゲルちゃんのベーチェット病って？」

「今は、落ちついてるよ」

「シゲルちゃん、安心してね。たとえば、シゲルちゃんが失明したら、私がシゲルちゃんの目になってあげる」

「有希子さん……」

「大丈夫だよ」

有希子は、シゲルの肩を抱きよせた。

シゲルと有希子は、恋におちた。

第七章（ソネット）

「なぜ、有希子は、そんなに可愛いの？」

「えっ？」

「なぜ、有希子は、そんなに素敵なの？」

「ん？」

「なぜ、有希子は、そんなに僕を夢中にさせるの？」

「バ、バカ……」

こんな会話を繰り返しては、ソファーに横たわり、手を握りあう二人。

シゲルは、有希子と一緒にいるだけで、闘病のつらさを忘れてしまっていた。

いつしか、二人は、結婚を誓いあった。

「有希子の夢って何？」

「元気な赤ちゃんをいっぱい産みたいな。たくさんの子供たちと暮らしたい。私、一人っ子だったから、大家族に憧れてるの」

有希子は、穏やかな瞳で、シゲルを見つめた。

「シゲルちゃん、次の日曜日、パパに会ってくれる？」

「うん、いいよ。有希子のパパに会えるの、楽しみだな」

「ありがとう。私たち、幸せになろうね」

月明かりが、部屋を鮮やかに彩《いろど》った。

フランボワーズゼリーを二人で食べた。

あたたかいココナッツミルクを二人で飲んだ。

二人は、朝まで未来について語りあった。

ずっと、この幸せがつづくと、シゲルは、信じていた。


そして、日曜日……。

「初めまして。小山シゲルと申します」

「有希子の父です」

「あ、あの……」

「何だね？」

「有希子さんとは、結婚を前提にお付き合いをさせていただいております」

「結婚を前提に……だと？」

「はい！」

有希子の父親は、憤慨した。

「君は、たしか難しい病気なんだろ。ベーチェット病だっけ？　失明する可能性があるそうじゃないか。そんな男と、うちの大事な娘を結婚させるわけにはいかない。君だってわかるだろう。父親として、娘に苦労をさせたくない」

「僕は、有希子さんを絶対に幸せにしますから！」

「何の根拠があって、そんな事を言えるんだね？」

「そ、それは……」

「じゃあ、君に聞こう。健康な子供を作れるのか？」

「健康な……子供……ですか？」

「原因不明の難病だろ。子供に遺伝したら？」

「遺伝？」

「遺伝しないという保障は？　そこまで考えて、君は、結婚と言ってるのか？」

「……」

「帰ってくれ。そして、娘とは、別れてくれ。本当に有希子を愛しているのなら、今すぐ別れてくれ。二度と有希子に会うな！　君は、男として最低だ！　君に結婚する資格などない！」

シゲルは、言葉を失った。

有希子は、うつむいたままだった。

愛する人を幸せにできないと決めつけられた情けなさ。

自分は、結婚する資格さえない。

シゲルは、重い足取りでアパートへ帰った。
朝まで悩みに悩んだ挙句、シゲルは、会社を辞めた。
シゲルの恋は、儚く終わった。
大粒の涙が、シゲルの頬を伝った。
そして、二度と恋なんてしないと決めた。

第八章 (ソネット)

シゲルは、朝から大学病院にいた。
病状に異変が生じたのである。
片目が、ほとんど見えなくなっていた。
まず、内科で診察を受け、眼科へ行った。
そこで、視力検査、眼圧検査を受け、目の炎症がどれだけ進行しているか調べ、
また、目にステロイド剤を注射した。
ベーチェット病の症状である虹彩炎《こうさいえん》が、シゲルの片目に生じていた。
虹彩炎とは、目の虹彩部分が炎症した状態の事である。
シゲルは、完全型ベーチェットなので、目に発作が起きやすい。
早期の治療だったので、目に注射したステロイド剤がよく効き、何とか片目は、
見えるようになった。
しかし、安心するわけにはいかない。
いつ、また、目の発作が起きるか、シゲルには、わからない。

失明に対する不安は、シゲルを激しく苦しめる。

毎夜、眠りに就く時、不安でたまらない。

……明日の朝、失明していたら……。

そして、目が覚めた時、天井が見えると、胸をなでおろす。

こんな毎日がつづく中、シゲルは、情緒不安定になりつつあった。

いつしか、シゲルの日常は、けだるく、生きる気力もなくなっていた。

不眠症にまで陥り、大学病院の主治医に相談したところ、心療内科へ通院する事となった。

精神科医は、シゲルに対し、不安神経症であると診断した。

シゲルの不安神経症は、どんどん大きくなるばかりである。

このままでは、心身共に破滅すると心配した精神科医は、入院を薦めた。

さっそく翌日から、入院する事となった。

そこは、精神病院。

受付で入院手続きを済ませ、精神病院の医師による診察を受ける。

そして、入院する部屋が決まり、入院用具など荷物の整理を始めた時、担当者が荷物のチェックを行なった。

ウォークマンのイヤフォン、携帯電話の充電コードなど、紐状《ひもじょう》の物は、すべて没収された。

それは、首吊り自殺を防ぐ為である。

そして、リストカットを防ぐ為に、髭剃に使うT字のシェイバー、爪切り、先の硬い万年筆までが没収された。

また、薬の過剰摂取を防ぐ為に、睡眠薬、抗鬱剤、精神安定剤などは、ナースステーションの前で受け取り、その場で飲み、服用後、ちゃんと飲んだか口の中をチェックされる。

入院用具を整理し、病衣に着替えたシゲルは、談話室へ行った。

一人の患者が、シゲルを指差して言う。

「あっ、新入りだ！」

シゲルは、小さく会釈し、談話室の椅子に座った。

隣の椅子に座っている青年の手首には、リストカットの痕がいっぱいあった。

その横には、車椅子の中年男性がいた。

なぜ、精神病院に車椅子？

シゲルが不思議そうに見てると、車椅子の中年男性が自ら語った。

「飛び降り自殺の失敗なんだ。商社で働いてたんだけど、リストラで仕事を失った。それが原因でノイローゼになった。気がついたらマンションの窓から飛び降りてた。しかし、二階だったから、骨折で済んだ。やっぱり、二階じゃ死ねないよね。俺、死ぬ勇気なかったのかな」

中年男性は、そう言ってニコッと笑った。

そして、シゲルに尋ねた。

「ところで、新入りの兄ちゃん、あんたは、なんでここに？」

「僕ですか？　僕は、不安神経症です」

「お互い大変だな。心の病って、なかなか健常者には、理解されないよね」


入院して二日目の朝。

向かいの部屋から、悲鳴が聞こえた。

何事かと思い、廊下に出てみると、昨日出会った青年が、病室のドアノブにベルトをくくり、首吊り自殺していた。

……いったい、何なんだ……。

シゲルは、とまどった。

……これが、現実なのか……。

シゲルは、困惑した。

精神病院では、朝六時に起床し、八時に朝食。午前中は、本を読んだり、音楽を聴いたりして過ごす。十二時に昼食。午後は、医師による診察を受けて、風呂に入る。夜六時に夕食。そして、九時に消灯。


一ヶ月の入院を経て、シゲルは、精神病院を退院した。

まさに奇妙な毎日だった。

しかし、ひとつ言えるのは、精神病院に入院している人たちは、心の病と必死で闘っているという事だ。

たしかに、自殺する人もいる。だけど、ほとんどの人は、病を克服する為に無我夢中で闘っている。

それを理解する人が増えると、きっと良い社会になるだろう。

逆に、理解できない人、理解しようとしない人のほうが多い。

さて、精神病院を退院したシゲルにとって、社会は、厳しかった。
入院前、親しかった友達のうちの何人かは、退院後、シゲルから離れていった。
やはり、精神病院にいた自分なんかと関わりたくない人がいる。
悲しい事であるが、それが現実であり、それが社会なのだろう。
だけど、離れなかった者もいる。
学友だった浅田ヒロシ。
浅田は、心身共に疲れ果てたシゲルの肩を抱きしめた。
……今でも友達でいてくれる人こそ、本当の友達だ……。
シゲルは、そう信じた。

第九章 (ソネット)

次の仕事が決まるまで、シゲルは、また福祉ボランティア活動に励んだ。

シゲルの担当は、盲目の人の歩行サポート。

なんと自分と同じベーチェット病患者のサポートである。

まるで、未来の自分を見ているようであった。

自分の親と同じ位の歳で、ネクタイの似合う紳士である。

紳士は、言った。

「シゲルさん、いい天気だね」

「えっ？」

「太陽の光が、肌に感じる。素敵な一日だ」

「そうですね」

紳士の明るい言葉は、まるで健常者のようだった。

……なぜ、こんなに前向きな生き方なんだろう……。

シゲルは、不思議に思った。

「シゲルさんは、僕と同じベーチェット病なんでしょう？」

「はい」

「不安ですか？」

「正直なところ、不安です」

「シゲルさんは、ベーチェット病の何型？」

「完全型です」

「不安なのは、失明の事かい？」

「は、はい」

「僕だって君と同じ完全型ベーチェットだよ。たしかに、失明した時は、精神的に落ちこんだよ。でも、目に光を失っても、心に光があれば生きてゆけるんだよ」

「心に光……ですか……」

シゲルの頬に涙が伝った。

すると、紳士は、シゲルに言った。

「泣いてるのかい？」

「いいえ」

「わかってるよ。素直に泣いていいんだ。今の君は、本当につらいよね。失明する可能性がある目なのに涙が流れる。この矛盾に僕だって苦しんだよ。でもね、心に光があれば、大丈夫なんだよ」

この紳士の言葉が、シゲルを勇気づけた。

「シゲルさん、僕のネクタイ、なかなかいいでしょう。僕の好きな青色のネクタイ。今日のような、青空の日には、ピッタリだ」

シゲルは、思った。

……僕は、なんて弱い人間だったのだろう……。

とめどなく涙が流れた。

翌日から、シゲルは、身体障害者福祉センターへ通い、点字の勉強に励んだ。

今、自分に出来る事を考えて、一生懸命に学んだ。

とにかく、無我夢中で頑張った。

耳が聞こえない人と接する為に、手話を習った。

手話は、世界共通であると知った。

勿論、文化の違いによって異なる表現もあるが、大抵は、基本的に共通している部分が多い。

「手話は、すごい！　言葉を超えて、世界中の人と会話ができる」

シゲルは、色々な事を学んだ。

そして、少しずつ、心に光が芽生え始めていた。

ある日、身体障害者福祉センターで受付を担当している人が、シゲルに言った。

「難病者向けに発行している機関誌に、文章を書いてみませんか？」

「えっ？　僕が？」

「あなたの今の心情を綴ってみませんか？　きっと同じ気持ちの人がいると思いますよ」

「わかりました。頑張ってみます！」

シゲルは、心をこめて、自身の闘病記を書いた。

やがて、この闘病記は、地方新聞で紹介され、大きな反響を呼んだ。

こうして、シゲルの執筆家としての第一歩が始まった。


次に、特発性血小板減少性紫斑病について書いた。

これは、福祉ボランティア活動で知りあった難病者の病気の事である。

特発性血小板減少性紫斑病は、血小板が崩壊し、さまざまな出血を生じる難病である。

シゲルのベーチェット病と同じく、現代医学では、まだ原因不明で、改めて難病の大変さが読者に伝わった。

執筆に際し、シゲルは、思った。
難病者だけでなく、健常者にも読んでほしい。
その為には、闘病記という形態は、避けたほうがいい。
医学的な専門用語をなるべく使わず、読みやすい内容にしたい。
悩みに悩んだ末、シゲルは、その答えを見つけた。
「闘病記ではなく、闘病小説だ！」
小説なら、難しい闘病記と違って、リラックスして読めるはず。
こうして、シゲルの闘病小説が生まれた。
やがて、数々の難病をテーマに作品を書いた。
誠心誠意で闘病小説を書いた。

難病に対する偏見をなくす為に……。
難病がどんなに大変なのか理解を得る為に……。
難病と闘う人たちの心情を伝える為に……。

いつしか、難病作家という今までにないジャンルで、自身のスタイルを表現した。
難病作家……これは、シゲルの生きる使命となった。

第十章（ソネット）

二〇〇九年、夏。

シゲルの身体に異変が生じた。

骨に痛みがある。

夜、寝返りをうつと、激痛がシゲルを苦しめた。

やがて、その激痛は、日常生活にまで及んだ。

左腕が不自由になった。

軽い物でさえ、左手では、持てなくなっていた。

痛みの領域は、次第に拡がりつつあった。

大学病院でエックス線検査を受けたところ、左肩インピンジメント症候群という骨の病気が判明した。

インピンジメント……日本語で『衝突』という意味。

肩にある骨と骨が衝突を繰り返し、肩の構造に障害が生じ、それが、左腕の痛みに繋がっていた。

「整形外科医の伊藤です」

「小山シゲルと申します」

「率直に言いますと、手術が必要です」

「手術？　どのような手術ですか？」

「内視鏡による手術です」

「手術は、いつ頃でしょうか？」

「小山さんの場合は、肩甲骨《けんこうこつ》の周辺にある筋肉が、かなり硬くなっていますので、手術の前に、三ヶ月、理学療法士によるリハビリが必要です」

「はい。わかりました」

シゲルは、思った。

……ベーチェット病だけでも大変なのに、その上、左肩インピンジメント症候群という骨の病気で手術だなんて……。

シゲルは、唖然とした。

その日から、リハビリテーション病院への通院が始まった。

「理学療法士の石田です。手術までの三ヶ月、そして、手術後、私がリハビリ治療を担当させていただきます」

「宜しくお願いします」

さっそく、リハビリ治療が始まった。

まず、タオルに少量の湯を含ませて、そのタオルで左肩を温める。それは、ホットパックという物理療法である。

その後、ベッドに横たわり、理学療法士の石田による治療を受ける。

石田は、シゲルの肩甲骨《けんこうこつ》に手を当て、筋肉をほぐした。

リハビリ治療は、一週間のうち六日。

一回の治療は、四十五分。

こうして、三ヶ月が過ぎた。

第十一章（ソネット）

手術当日……。


シゲルは、朝から少しソワソワしていた。

午後二時になり、手術衣に着替え、点滴を受け、手術室へ向かった。

手術台に横たわると、担当医の伊藤がシゲルに言った。

「大丈夫ですよ。安心して下さい」

全身麻酔を受け、手術が始まった。


そして、数時間が経ち、麻酔が切れて、目が醒めると、病室の白い天井が微かに見えた。

手術は、終わった。

無事、成功した。

シゲルは、手術室の近くにある治療室にいた。

呼吸器を口につけて、抗生剤を点滴で受けている。

手術後の炎症による痛みがある為、この日は、鎮痛剤が欠かせなかった。


手術翌日……。


シゲルは、手術担当医の伊藤の診察を受け、今後の治療について話しあった。

肩の可動域の改善に努める必要がある為、この日から、また理学療法士の石田によるリハビリが始まった。

石田は、シゲルの肩甲骨《けんこうこつ》の周辺にある筋肉をほぐし、左腕が少しずつ上がるように、慎重なる治療に励んだ。

シゲルは、手術後、一年に渡り、リハビリ治療に専念した。

治療に励んだ甲斐があって、シゲルの左肩は、ほぼ健常時と変わらない位になっていた。
シゲルは、リハビリ治療を終え、人生の再出発に向けて、新たなる一歩を踏み始めた。

その時である。

シゲルに、また、悲劇が起きた。

第十二章（ソネット）

左肩の手術を終えて、人生の再出発を心に決めた時、今度は、右肩に異常な激痛が生じた。

「まさか……」

シゲルは、大学病院へ行き、エックス線検査を受けた。

思いもよらぬ事態が起きた。

なんと、インピンジメント症候群が、右肩にも発症していた。


シゲルは、呆然となった。

ベーチェット病、不安神経症、左肩インピンジメント症候群、右肩インピンジメント症候群……次々と告げられる病名に、シゲルの精神状態は、限界であった。

……なぜ、僕ばっかり……。

シゲルは、運命を恨んだ。
涙が頬を伝った。

……死にたい。いっそのこと、死んでしまいたい……。

ぐったり疲れ果てた身体と心。
シゲルは、人生に終止符を打とうと決めた。

すると、その時である。

部屋の窓越しに咲く小さな植木鉢の青い花が、太陽の光を反射して、シゲルの頬を白く照らした。

……生きるんだ。せいいっぱい、生きるんだ……。
青い花は、そう伝えるように、シゲルを照らした。
それは、ソネットの優しさに似ていた。

シゲルは、次々と告げられる病気と立ち向かう事に決めた。
また、手術を受けて、リハビリ治療を受けるという現実。
この現実と闘う事を心に誓った。
……たとえ、どんな病気になっても、決して、あきらめない……。
それが、シゲルの純真なる決心であった。

第十三章（ソネット）

郵便はがき

108－0014

恐縮ですが、
切手を貼って
お出しください

東京都港区芝5丁目13番11
第2二葉ビル401

青山ライフ出版
読者カード係　行

通信欄

ご意見・ご感想などお寄せください。小社ウェブサイト（http://aoyamalife.co.jp）で紹介させていただく場合がございます。あらかじめご了承ください。

読者カード

青山ライフ出版の本をご購入いただき、どうもありがとうございます。

●本書の書名

●ご購入店は

・本書を購入された動機をお聞かせください

・最近読んで面白かった本は何ですか

・ご関心のあるジャンルをお聞かせください

・新刊案内、自費出版の案内、キャンペーン情報などをお知らせする青山ライフ出版のメール案内を（希望する／希望しない）

★ご希望の方は下記欄に、メールアドレスを必ずご記入ください

・将来、ご自身で本を出すことを（考えている／考えていない）

(ふりがな) お名前	
郵便番号	ご住所
電話	
E メール	

・ご記入いただいた個人情報は、返信・連絡・新刊の案内、ご希望された方へのメール案内配信以外には、いかなる目的にも使用しません。

右肩インピンジメント症候群の手術の為、大学病院での入院生活が始まった。
シゲルは、この手術入院生活をヒントに、一作の小説を書こうと決めた。
利き腕である右手が使えないので、左手による執筆。
こうして、病室で書いた一作の小説が生まれた。

タイトルは、『クリスマスローズと青春の光』である。

クリスマスローズの花言葉。
……私の不安を取り除いて下さい……。

主人公の姿に、自分の心情をなぞらえて書いた小説。
まさに、シゲルにとって、かけがえのない作品となった。

シゲルの病室へ、同じベーチェット病の仲間である山崎が、見舞いに訪れた。

「シゲル君、体調のほうは、いかがですか？」

「わざわざ来て下さって、ありがとうございます」

「不治の病であるベーチェット病だけでなく、インピンジメント症候群まで発症して、大変ですね」

「は、はい……。でも、頑張ります」


山崎は、シゲルと同じベーチェット病の完全型である。

若くして、失明し、足が不自由になり、車椅子で生活している。

盲目で車椅子生活。

だけど、山崎は、笑顔を絶やさずに生きている。

シゲルは、そんな山崎を心から尊敬している。

いつか、シゲルも失明し、車椅子生活になるかもしれない。

しかし、山崎のように前向きな心で生きてゆこうと、シゲルは、心に決めていた。

たしかに、不安は、ずっと消える事なく、シゲルを悩ませて苦しめるだろう。

不安神経症も永久的に治らないだろう。

でも、シゲルは、ベーチェット病、不安神経症、インピンジメント症候群と闘いつづける。

それが、シゲルに与えられた運命なのだから……。

第十四章（ソネット）

ベーチェット病、不安神経症、左肩インピンジメント症候群、右肩インピンジメント症候群……さまざまな病気と闘いつづけるシゲルの人生。

今、あえて言えるのは……、
目が見える、
耳が聞こえる、
自分の足で歩ける、
……その一つ一つが、シゲルにとって、どれだけ幸せであるかという事だ。
健常者にとっては、当然の事であるが、シゲルにとっては、決して当然の事ではない。
自分で呼吸し、生きている事でさえ、シゲルには、ささやかな幸せである。
悩み、苦しみ、そして、幾多の不安と共に、無我夢中で生きる。

病気との闘いは、永遠につづくだろう。
大粒の涙が、シゲルの頬を伝うだろう。
……終わりのない悲しみ……。
それが、シゲルの人生である。
だけど、心に光を絶やさず、笑顔で生きてゆこうと、シゲルは、誓った。
……心に光……。
シゲルの青春は、まだ始まったばかりである。

（この物語は、未来へ……つづく）

＊この物語に登場する人物等は、すべて仮名です。
また、病気の症状については、個人によって、異なります。

クリスマスローズと青春の光

2012年出版（しりこ当時40才）

第一章（クリスマスローズと青春の光）

エメラルドグリーンに輝く星の光が降りそそぐ夜、コンサートホールのステージには、一人の少女がスポットライトに照らされて、ピアノを弾いていた。

彼女の名は、エリナ。

エリナは、十九才の若さでピアニストとして成功し、彼女のCDは、インストゥルメンタルというジャンルでヒットチャートの上位になる程であった。

今夜のコンサートホールには、二千人のファンが集まっていた。静寂な空気につつまれて、エリナは、右手でメロディーを弾き、左手で伴奏をする。

コンサートの最後に演奏されたのは、エリナの代表曲『クリスマスローズ』だ。二千人のファンは、大きな拍手をエリナに贈る。ピアノの鍵盤に舞うエリナの指先は、まるで、白鳥が羽を大きく拡げたように、かろやかである。そして、ファンが注目すべきクライマックスで、アクシデントが……。

エリナの左手が低音の鍵盤を力強く叩こうとした時である。エリナの左腕に異常な痛みが生じた。

それは、激烈な痛みである。

左手が硬直し、エリナの頭は、空白となった。そして、演奏は、途切れた……。

二千人のファンは、騒然となって、コンサートホールは、ざわついた。

エリナは、ピアノから離れて、ステージを後にして、そのまま楽屋へ走った。

楽屋で、呆然となるエリナ。

すると、エリナが所属する芸能事務所のマネージャーである江塩《えしお》は、楽屋に駆けこんで、怒鳴った。

「エリナ、なんなんだ！　あの終わり方は？」

「江塩さん、ごめんね」

「ごめんね……じゃないよ。今夜の公演には、スポンサーだって来てるんだぞ！」

「だから、ごめん、ごめんねって言ってるじゃん」

「レコード会社の上役だって来てるし、マスコミだって」

「だからぁ……」

そんな二人の会話を聞いて、ヘアメイク担当の美佐子が、たまりかねてエリナに言った。

「エリナちゃん、今日は、早く帰ったほうがいいよ。顔色だって良くないし」

「あ、ありがとう」

「今すぐタクシーを手配するからね」

「うん」

エリナは、呆然としたまま、楽屋を出た。


そして、マンションに帰ったエリナは、美佐子に電話をした。

「美佐子さん、今日は、本当にごめんね」

「気にしなくていいよ」

「私が楽屋を出て、あの後、大変だった？」

「江塩のバカが、スポンサーとレコード会社の人にペコペコしちゃって。あいつは、自分の出世の事しか頭にないんだから。ほんと、イヤな奴！」

「私、みんなに迷惑かけちゃったね」

「エリナちゃん、何を言ってるの？　気にしちゃダメだよ」

「だって、江塩さんには、江塩さんの立場もあるし……。今夜の公演は、ＤＶＤの撮影があったでしょう。私のせいでＤＶＤの発売をダメにしちゃったね」

「自分を責めちゃいけないよ」

「う、うん」

「エリナちゃん、あまり考えすぎないで。今夜は、ゆっくり休んだほうがいいよ」

「ありがとう」

「じゃあね。おやすみ！」

「うん。おやすみなさい」

エリナは、電話を終えて、携帯電話を充電器のホルダーに置いた。その時、また、左腕に痛みが生じた。

あまりの激痛に、うずくまるエリナ。

歯をくいしばって、激痛に耐えるが、その痛みは、しばらくつづいた。

少し落ちついて、ベッドに横たわるが、寝返りをうつ時、激しい痛みがエリナを苦しめる。

左腕、左肩、そして、背骨。

痛みの領域は、次第に拡がりつつあった。

今、自分の現状が、普通ではないと気づいたエリナ。

明日の朝、病院へ行く事を決めた。

第二章　〈クリスマスローズと青春の光〉

夜明けの光が名残惜しく眩しい朝、エリナは、スターバックスでカフェミストを飲みほし、大学病院へ向かった。

エリナは、少し不慣れに大学病院の窓口で言った。

「あのぅ、初診なんですけど……」

「どのような症状ですか？」

「左腕、左肩、背骨が、痛みます」

「では、整形外科になりますね。整形外科は、一階にあります。そこで初診の受付を行なって下さい」

「はい。わかりました」

整形外科の受付で、改めて症状を告げ、椅子に座った。

待つ事、二時間。

やっと、エリナの名が呼ばれて、診察室に入った。

整形外科の医師は、言う。

「とりあえず、まずは、エックス線検査を受けて下さい」

「は、はい」

そして、エックス線検査を受けて、エリナは、診察室に再度入った。

医師は、言う。

「インピンジメント症候群《しょうこうぐん》ですね」

「インピンジメント？」

「インピンジメント……日本語では、衝突という意味です。肩にある骨と骨が衝突を繰り返し、肩の構造に障害が生じ、それが、左腕の痛みに繋がってたわけです」

「じゃあ、背骨の痛みは？」

「同じく、肩の痛みが、背骨にまで伝わってたのでしょう」

「では、これから、私は？」

「肩を専門に診察している整形外科医をご紹介します。安心して下さい。かなりの名医ですよ」

「名医……ですか……」

「その先生の診察は、水曜日ですから、明日になります。予約を入れますね」

「はい。お願いします」

……インピンジメント症候群……。

今まで聞いた事のない病名に戸惑うエリナ。

……ピアノを弾けないピアニストなんて……。

エリナは、絶望的に心が打ちひしがれて、不安に陥《おちい》った。

とにかく、今は、明日に会う名医を信じる他に術《すべ》はなかった。

第三章（クリスマスローズと青春の光）

水曜日の朝、エリナは、肩が専門である整形外科医の診察を受けた。

「初めまして。整形外科の伊藤です」

「宜しくお願いします」

「ピアニストのエリナさん……ですよね？」

「は、はい……」

「あなたのCD、持ってますよ。先日のコンサート、拝見しました。最後の『クリスマスローズ』は、悔しかったでしょう？」

「えっ？」

「僕には、すぐわかりました。あなたに、インピンジメント症候群の症状が出ている事を」

「伊藤先生……」

「大丈夫です。あなたが、またステージで『クリスマスローズ』を演奏する日に向けて一緒に頑張りましょう」

この日から、整形外科医の伊藤と共に、エリナの闘病生活が始まった。

大学病院で、左肩のCT検査、そして、MRI検査を受けたエリナ。

伊藤は、言う。

「検査の結果を診《み》たところ、かなり病状が進んでいます。よく今まで耐えてきましたね。さすがは、プロのピアニストだ。つらかったでしょう？」

「は、はい」

「骨の痛みが生じたのは、あのコンサートが初めて？」

「二ヶ月前から背骨に痛みがありました」

「じゃあ、肩から腕にかけての痛みは？」

「それは……」

エリナは、少し躊躇《ちゅうちょ》した。言葉をためらった。

そんなエリナの心情を気遣い、伊藤は、言った。

「エリナさん、正直に話してくれていいんですよ。あなたの病気を治すのが、医師の役目ですから」

「実は、半年前から左腕に痛みがありました。肩から腕にかけて、そして、指先にまで痛みが……」

「そんな状態で、ピアノを？」

「はい。あのコンサートのリハーサルだって、痛くて痛くて、たまらなかったんです。しかし、我慢するしかありませんでした。せっかく、メジャーデビューしたばかりなのに。レコード会社とは、一年契約です。今、ピアノを弾けなくなったら、来年の契約は、更新されません」

「なるほど。だから、痛みに耐えていたんですね」

「私にとって、ピアノは、すべてなんです。私の人生なんです」

エリナの頬に涙が伝った。

「エリナさんの気持ちは、よくわかりました。でもね、あなたの未来の為にも、あなたは、この病気と闘わないといけません」

伊藤は、医師としてだけでなく、ひとりの人間として、エリナに言った。

「エリナさん、まず、あなたは、病気を治す事に専念しましょう。あなたがピアノを弾いてる姿は、多くのファンに勇気を与えています。だけど、それは、あなたが健康であるが故にできる事です。この現状と闘いましょう！」

「じゃあ、私は？」

「手術を受けるのです。手術は、僕が担当します。必ず、あなたが『クリスマスローズ』をまた演奏できるように、あなた自身が頑張るんです。あなただけじゃない。僕も頑張ります」

「伊藤先生……。私、先生にこれからの夢と未来をゆだねてもいいですか？」

「うん」

「先生、手術をお願いします」

「エリナさん、頑張りましょうね！」

「はい！」

そして、ナースが、手術入院についてエリナへ告げた。

「手術は、三ヶ月後です。それまでの三ヶ月は、リハビリ治療を受けていただきます」

「手術って、どんな感じですか？」

「内視鏡《ないしきょう》による手術です。大丈夫ですよ。伊藤先生は、名医ですから。それでいて患者一人一人の心に寄り添う素晴らしい医師です。安心して下さい」

「はい。わかりました。じゃあ、手術後は？」

「また、リハビリ治療を受けていただきます。だいたい半年程ですが、病状によっては、一年程、かかります」

「一年ですか？」

「色々と事情があると思いますが、今は、病気を治す事に専念して下さい」

「は、はい」

エリナは、手術入院の手続きをして、病院を出た。

第四章（クリスマスローズと青春の光）

エリナは、自分が所属している芸能事務所へ行った。

そして、マネージャーの江塩に、現状を話した。

「私の病名は、インピンジメント症候群です。手術は、三ヶ月後になります」

「三ヶ月後？　なぜ、今すぐ手術しない？」

「私の場合は、肩甲骨《けんこうこつ》の周辺にある筋肉が、かなり硬くなっているみたいだから、手術を受ける前に、リハビリ治療が必要なんだって」

「じゃあ、三ヶ月、活動を休止するって事か？」

「いえ……、あの……」

「おいおい、まだ何かあるのか？」

「手術後に、半年程、またリハビリ治療を受けなくちゃいけないの。私は、かなり炎症してるから、多分、一年程……」

「一年？　はぁ？　冗談だろ？　そんなに休業したら、お前、この業界から……」

「わかってるわよ！」

エリナは、厳しい形相《ぎょうそう》でマネージャーの江塩を睨《にら》んだ。

二人のあいだに、沈黙がつづいた。

江塩は、言う。

「どこの病院だ？　医者の名前は？」

「なんで、そんな事、聞くのよ？」

「その医者に会って、俺が話をつける」

「勝手にすれば！」


翌朝、江塩は、大学病院にいた。

エリナの担当医である伊藤に会う為だ。

「整形外科の伊藤です」

「江塩です。えっと……」

「名刺は、いりません」

「そうですか」

「あなたの用件は、エリナさんの事ですよね？」

「はい。まずは、三ヶ月後に手術だそうですけど、何とか手術を早くできないでしょうか？」

「本人に言いましたように、彼女の場合、手術前のリハビリ治療は、不可欠です」

「じゃあ、手術後のリハビリ治療ですが、一年ではなく、二ヶ月程で……」

「江塩さん、何を言ってるんですか？　リハビリ治療をしっかりと受けなければ、彼女は、この先、もうピアノを弾けなくなりますよ」

「手術後、また治療に一年って、そんなに炎症は、つづくのですか？」

「彼女の場合、病状が発症して、かなり経っていますので、長期のリハビリ治療は、仕方ありません」

「今、仕事に影響が出れば困るんです。手術を遅らせるのは無理ですか？」

「その分、彼女の病状は、大きくなるばかりです」

「伊藤先生……、なんとか、薬の投与で、しばらく維持できないでしょうか？」

「維持？　どういう意味ですか？」

「来年は、すぐにレコーディングがあるし、大規模な全国ツアーだってあります。今が大事な時期なんです」

「手術するかどうかは、彼女が自分で決める事です」

「せっかく、売れたばかりなのに。こんな大事な時期に一年休んだら、ダメージは、大きすぎる。レコード会社の契約も更新されない。そうなったら俺の立場がない。ピアニストがピアノを弾けないとは……。まだスキャンダルのほうがマシだ！」

江塩の言葉を聞いて、伊藤は、声を荒立てて言った。

「あなたは、他人《ひと》の体をなんだと思ってるんですか！」

すると、江塩は、上目遣いで答えた。

「他人《ひと》の体ですか？　それは……、他人《ひと》の体ですよ」

江塩は、診察室を出た。

その後、ナースたちは、口々に言う。

「あんな伊藤先生、初めて見た！　普段は、穏やかなのに……」

ナースの婦長が、ポツリと言った。

「伊藤先生は、患者の為なら、とことん必死になる人よ。医師としてだけでなく、ひとりの人間として患者と接する。それが、伊藤先生なのよね」

第五章（クリスマスローズと青春の光）

エリナは、高校卒業後、芸術専門学校の音楽科に進学したが、入学二年目にすぐピアニストとしてメジャーデビューした為、芸術専門学校を中退している。その芸術専門学校の美術科に、仲の良い男友達がいた。

彼の名は、健太《けんた》。

健太は、エリナと同じ十九才で、芸術専門学校に在籍しながら、画家になるのを夢みている。

エリナが学校を中退してから、二人は、あまり会っていなかった。

エリナは、久し振りに健太へ電話をした。

「健太、ごぶさた！」

「おう、エリナ。元気にしてたか？」

「実は……、元気じゃないんだ」

「何かあったの？」

「うん……」

「エリナ、大丈夫？　今から会う？」

「うん！　久し振りに健太の顔が見たい」

「じゃ、あの店で！」

二人は、学生街にあるカフェで待ちあわせた。

「健太、忙しいのに呼び出してごめんね」

「忙しいのは、エリナのほうじゃん」

そう言って、健太は、ニコッと笑った。

健太の笑顔が、エリナには、嬉しかった。

「……で、エリナ、何があったの？」

「私、インピンジメント症候群という病気で、手術しないといけなくなったの」

「手術？」

「うん。しばらくは、ピアノを弾けないんだぁ」

「しばらくって、どの位？　またピアニストとして復帰できるんだろう？」

「わからない。予定してた全国ツアーは、すべてキャンセルだし、レコード会社との契約だって、更新は、きっと無理だろうって言われてる」

「エリナが、そんな大変な状況になっていたなんて……」

「こんな事になるんだったら、あの時、学校を辞めるんじゃなかった。今になって後悔してる。あの頃が懐かしいわ。健太は美術科で、私は音楽科で、お互い、夢に向かってたね。二人で、未来の事、熱く語りあってたね。でも、私にＣＤデビューの話があった途端、私は、学校よりデビューを選んだ。そして、あっけなく学校を辞めた。私、うぬぼれてたんだね」

エリナは、遠い目で、あの頃を思い出していた。

「私……、あの頃に、戻りたいよ……」

エリナの瞳は、大粒の涙であふれた。そして、エリナは、泣きくずれた。

健太は、エリナの手を握りしめて、言った。

「あの頃に戻らなくていいんだよ。今から新しく始めるんだ！　エリナは、少し早く成長しただけ。これからは、同じ歩幅で一緒に再出発しよう。その為には、まず手術を受けて、病気を治すんだ。あせらなくていい。ゆっくりでいいんだよ」

エリナは、健太の手を握り返して、言った。

「健太……。私、手術を受ける！　リハビリ治療だって受ける！　そして、またピアノを弾くから！　プロじゃなくていい。CD作れなくていい。ただ、ピアノさえ弾ければ、それだけで、私、幸せだから！」

健太の指先に、エリナの涙が落ちた。

エリナの涙を受けとめる健太の指先。

オレンジ色の夕陽が、二人には、まぶしかった。

第六章 （クリスマスローズと青春の光）

エリナは、手術する意志を改めて主治医の伊藤へ伝える為、大学病院へ行った。

「伊藤先生、先日は、私のマネージャーが先生に失礼な事を……」

「大丈夫ですよ。気にしてません。あなたは、病気を治す事だけ考えて下さい」

「ありがとうございます。手術なんですが……」

「決心は、つきましたか？」

「はい。ぜひ、手術をお願いします」

「わかりました。頑張りましょうね」

「はい！」

「では、今日からリハビリです。頑張って下さい」

ナースが、手順について説明をする。

「同じフロアに、リハビリテーション科があります。そこで、理学療法士の先生によるリハビリ治療を受けていただきます」

「はい」

「エリナちゃん、今日、めっちゃ顔色がいいですね」

「えっ？」

「輝いてるって感じ！」

「私、前向きな心で病気に立ち向かうって決めましたから！」

「うん、素晴らしいわ。頑張ってね」

「イエス！　オフコース！」


ナースの指示を受けて、エリナは、リハビリテーション科で診察を受けた。

「理学療法士の石田詩織です」

「宜しくお願いします」

「手術までの三ヶ月、そして、手術後、私がリハビリ治療を担当させていただきます。一緒に頑張りましょうね」

「お世話になります」

さっそく、リハビリ治療が始まった。

まず、タオルに少量の湯を含ませて、そのタオルで左肩を温める。それは、ホットパックという物理療法である。

その後、ベッドに横たわり、理学療法士の石田による治療を受ける。

石田は、エリナの肩甲骨《けんこうこつ》に手を当て、筋肉をほぐす。

「エリナちゃん、かなり筋肉が硬くなってる」

「そんなに？」

「まぁ、仕方ないけどね。かなり以前から痛みがあったわけだし」

「は、はい……」

「大丈夫！　しっかり私がリハビリ治療をするから、安心してね」

「ありがとうございます」

石田は、エリナの左手首をつかみ、少しずつ左腕を伸ばしてみた。

「エリナちゃん、痛みは？」

「肩から腕、そして、腕から指が痛みます」

「やっぱり」

「あのぅ、手術後の事なんですけど……」

「手術後の事？」

「私の場合、リハビリ治療は、一年かかりますか？」

「かなり炎症してるからね」

「あぁ、そうですか」

「エリナちゃん、ひょっとして、お仕事について気にしてるの？」

「はい。ピアノが弾けないピアニストなんて意味ないですし。それに、私は、まだデビューしたばかりだし。新人のくせに、休業だなんて……」

「芸能界って、そんなに厳しいところなの？」

「そんな事ないですよ。アットホームな芸能事務所は、けっこう多いです。ただ、うちの事務所だけは、なぜか、かなり厳しいです」

「私、芸能界の事は、まったくわからなくて」

「私だって、あんまりよくわかってないんです。デビューしたばかりなので」

「エリナちゃん、安心してね。とにかく今は、リハビリに専念して、三ヶ月後には、伊藤先生の手術を受けて、そして、手術後、しっかりとリハビリに専念すれば、必ずピアノを弾けるようになるから」

「はい！」

石田は、二十一才。

エリナは、十九才。

二人は、まるで姉妹のように仲が良く、エリナは、安心してリハビリ治療を受けた。そして、石田は、エリナの身体だけでなく、心までケアしていた。


こんなふうに、三ヶ月が経った。

第七章（クリスマスローズと青春の光）

エリナは、学生街にあるカフェで健太と会っていた。

健太は、エリナの病状について心配でたまらなかった。

「エリナ、手術の日は、決まったの？」

「うん。手術まで、あと十日」

「入院は、いつから？」

「手術の二日前でいいんだって」

健太は、ダージリンティーを飲みほし、エリナに言った。

「実は、明後日、イタリアのヴェネツィアへ行くんだ」

「イタリアのヴェネツィア？　明後日って、急だね」

「ギャラリーカフェで働いてる友達が、手配してくれたんだ」

「いつまで、イタリアにいるの？」

「三日間だけだよ。イタリアの美術について、色々と学びたくて」

「ハードなスケジュールだね」

二人のあいだに、沈黙がつづいた。

そして、エリナは、健太に言った。

「私、一緒に行っていい？」

「はぁ？　何を言ってるんだよ。大事な手術前だろう？」

「だから、私、行ってみたいの」

「リハビリ治療は？」

「主治医と理学療法士の先生には、私から説明する」

「……」

「健太は、迷惑なの？」

「迷惑じゃないけど……」

「じゃあ、決まりね！」

「う、うん……」

健太は、ためらっていた。少しためらっていた。

ためらっている健太に、エリナは、言った。

「健太、どうしたの？　浮かない顔して」

「あ、あの……、部屋は、別々だよ」

「わかってるわよ。健太のバカ！」

エリナは、ニコッと笑った。

少し照れてる健太の横顔を嬉しそうに見つめた。

エリナの心は、ときめいて、キュンとなった。

それは、エリナにとって、優しい風のような恋心だった。

第八章（クリスマスローズと青春の光）

朝十時、二人は、空港にいた。

空港のロビーで、キャラメルマキアートを飲む二人。

初めて行くイタリアに、二人は、少し興奮していた。

定刻《ていこく》になって、二人は、ローマへ向かった。

十三時間を経て、ローマのフィウミチーノ空港に到着した。

エリナは、身体を伸ばして、眠い目をこすりながら、健太に言った。

「やっと着いたね。私、少しグッタリしちゃった」

「体調は、大丈夫？」

「うん！　大丈夫だよ」

「安心した。ありがとう。ヴェネツィア行きの飛行機の出発まで、あと二時間だ」

「私、ヴェネツィアじゃなくて、ミラノへ行ってみたい。ブランドのバッグとか、時計、お洋服、あと、靴とか買いたい」

「この旅行は、ショッピングじゃないんだよ。イタリアの美術を学ぶ為なんだから」

エリナと健太は、ローマのフィウミチーノ空港から、ヴェネツィアへ飛んだ。

二時間程で、ヴェネツィアのマルコポーロ空港へ到着した。

「エリナ、何か食べようか？　何がいい？」

「私、あんまり食欲ないな」

「じゃあ、ジェラートでも食べよう」

「ジェラートって、アイスクリームのジェラート？」

「うん」

「食べたい！」

イタリアには、多くのジェラートの店がある。

二人は、宿泊するホテルの真横に隣接している店に入った。

ルッコラという野菜の葉を刻んで、オレンジと一緒にミックスしたジェラートを二人で食べた。

ジェラートを食べ終えて、二人は、ホテルに帰って、明日に備えて就寝した。

イタリア、二日目。

二人は、朝早く起床して、ヴェネツィアの街を歩いた。

この街には、人工的に作られた河が多い。

リアルト橋を渡りながら、エリナは、言う。

「ヴェネツィアって、歩行者天国だね」

「ほとんどの人が船を使うからね。自家用の船、けっこう多いよ」

「日本じゃ考えられないね」

「そうだね。じゃあ、今からミュージアムへ行こうか?」

「ミュージアム?」

「美術館の事だよ」

二人は、ヴェネツィア有数の古典的なミュージアムへ行った。

そこには、様々なアーティストの油絵がある。

健太は、一枚の油絵を見て、立ち止まった。

その油絵は、人の手を描いただけの抽象的な作品だった。

「キャンパスの幅を超えて、まるでヴェネツィアの空みたいに大きい絵だ……」

感情移入しながら深く見つづける健太。

エリナの瞳には、そんな健太の姿が輝いて見えた。

しばらくして、ミュージアムを出た二人は、海沿いを歩く。

健太は、夕焼けの光に照らされた海の風景をデジタルカメラで撮った。

「健太、記念撮影？」

「記念撮影じゃなくて、フォトペインティングだよ」

「フォトペインティング？」

「カメラで撮った風景を写真で見ながら描く作品の事」

そんな健太の横顔を優しく見つめるエリナ。

ヴェネツィアの街は、いつしか夜空が紫色に染まっている。

二人は、レストランに入った。

健太がオーダーしたのは、イカ墨を使ったパスタ。

「なぜ、イカ墨のパスタなの？」

「イカ墨のパスタは、ヴェネツィアが発祥の地なんだ」

「健太、詳しいね」

「ガイドブックで知ったんだけどね」


イタリア、三日目。

ホテルをチェックアウトして、街を歩く二人。

朝食は、街路のピザハウスで済ませた。

ヴェネツィアでは、ピザが食べやすいサイズのワンカットで売られている。

ピザで朝食を終えて、二人は、ジャルディーニという名前の公園へ行った。

健太は、公園に着くと、画材を用意し、鉛筆で風景を描き始めた。

「健太、何を描いてるの？」

「この公園から見える並木道だよ」

ジャルディーニとは、日本語で庭という意味。

健太は、心をこめてジャルディーニから見える並木道の風景を描いた。


そして、二人は、ヴェネツィアのマルコポーロ空港から日本へ向かった。

機内で健太は、エリナに言った。

「ジャルディーニから見える並木道を描いた絵。この絵を受け取ってくれないか？」

「いいの？」

「受け取ってほしいんだ。手術が必ず成功するように祈ってるから」

「健太、ありがとう！　この絵をお守りにするね」

ジャルディーニより

第九章（クリスマスローズと青春の光）

手術当日……。


エリナは、手術衣を羽織り、点滴を受け、手術室へ向かった。

手術台に横たわると、担当医の伊藤がエリナに言った。

「大丈夫ですよ。安心して下さい」

「伊藤先生、お願いします」

「必ず治してみせるからね」

伊藤の言葉を信じ、心を決めて、全身麻酔を受け、手術が始まった。

そして、数時間が経ち、麻酔が切れて、目が醒めると、病室の白い天井が微かに見えた。

手術は、終わった。

無事、成功した。

エリナは、手術室の近くにある治療室にいた。

呼吸器を口につけて、抗生剤を点滴で受けている。

手術後の炎症による痛みがある為、この日は、鎮痛剤が欠かせなかった。


伊藤は、治療室に来て、エリナに言った。

「手術は、これで終わりました。エリナさん、大丈夫ですか？」

「伊藤先生、ありがとうございます」

「明日からは、さっそくリハビリです。頑張って下さい」

「はい！」


手術翌日……。

理学療法士の石田によるリハビリ治療が始まった。

石田は、エリナの肩甲骨《けんこうこつ》の周辺にある筋肉をほぐし、左腕が少しずつ上がるように、慎重なる治療に徹した。

エリナは、手術後、一年に渡り、リハビリ治療に励んだ。

治療に励んだ甲斐があって、エリナの左肩は、ほぼ健常時と変わらない位になっていた。

石田は、エリナに言った。

「エリナちゃん！　お疲れさま！　リハビリ治療は、今日で終わり。よく頑張ったね」

「お世話になりました」

エリナは、リハビリ治療を終え、人生の再出発に向けて、新たなる第一歩を踏み始めた。

第十章（クリスマスローズと青春の光）

エリナは、一年三ヶ月振りに事務所へ行った。

マネージャーの江塩に会う為だ。

少し他人行儀に話すエリナだった。

「江塩さん、お久し……ごぶさたしています」

「しばらくだね」

「長いあいだ、お休みをいただいて、本当にすみません」

「病院のほうは、退院したの？」

「入院は、一ヶ月だけでした。あとは、通院しながら、リハビリ治療を受けていました」

「リハビリ治療は？」

「昨日で終わりました」

「良かった。安心したよ」

「えっ？」

エリナは、江塩の顔を不思議そうに見た。

あんなに頑固だった江塩が、穏やかな顔をしている。

「江塩さん、何かあったんですか？」

「実は、この事務所を辞める事になった」

「ひょっとして、私のせい？」

「違うって。俺が自分で決めた。今月末には、事務所に辞表を提出する」

「じゃあ、江塩さん、これからは？」

「田舎に帰って、家業を継ぐんだ」

「家業って？」

「老舗の酒屋だよ」

江塩は、煙草の火を灰皿で消して、やわらかな口調で言った。

「エリナ、今まで本当にごめんな。俺、優しさが足りなかったな。エリナが、病院でリハビリ治療を一生懸命に頑張ってる姿を何度か見たんだ。入院中、お見舞いに行ったんだけど、エリナにあわせる顔がなかった」

「なぜ？」

「あの頃の俺は、自分の立場ばかり考えてた。しかし、リハビリ治療に励んでいるエリナを見て、心が変わったんだ。出世だけが人生じゃないってね。エリナが俺に気づかせてくれたんだ。エリナ、本当にありがとう」

「江塩さん……」

「エリナが、また昨年みたいに、この事務所で音楽活動できるように、社長には、俺から頼んでおく」

「ありがとうございます」

「エリナが頑張っているように、俺も頑張るよ」

「はい」


江塩と会うのは、この日が最後だった。

第十一章（クリスマスローズと青春の光）

一年以上に渡り、休業していたエリナにとって、音楽界は、厳しかった。

エリナの後輩にあたる新人ピアニストが次々とデビューし、エリナは、レコード会社との契約が更新されず、肩身の狭い境遇にいた。

しかし、エリナは、あきらめなかった。

事務所が借りているスタジオで、エリナは、ピアノを弾きつづけた。

当時のように、うまく弾けない自分に対して、時々、苛立《いらだ》った。

そんな時、健太の言葉を思い出した。

……あの頃に戻らなくていい。今から新しく始めるんだ……。

エリナは、その健太の言葉を心に唱《とな》えて、自分なりの純真さでピアノを弾いた。

人生における再出発。

必ず、また『クリスマスローズ』をステージで弾く為に、エリナは、この現状と応戦した。

そして、エリナは、二年振りとなるステージに立った。

わずか七〇人定員の小さなライヴハウスである。

白いスポットライトに照らされて、エリナは、ピアノを弾く。

エリナの指は、かろやかに鍵盤という砂漠を舞う。

まるで、バレリーナが全身を伸ばして、しなやかに月明かりの砂漠でダンスしているみたいだ。

やがて、ステージでは、最後の曲になった。

エリナの代表曲『クリスマスローズ』である。

静かにピアノを弾き始め、ゆっくりと奏でながら、少しずつ飛躍的に鍵盤を叩く。

遂に、クライマックスだ。

左手で低音の鍵盤を力強く弾いた。

それは、見事であった。

七〇人のファンは、大きな拍手をエリナに贈った。

エリナは、『クリスマスローズ』を弾き終えて、ファンに言った。

「クリスマスローズとは、花の名前です。クリスマスローズの花言葉は、追憶《ついおく》です。人生には、様々な思い出があります。願いつづけていた夢が叶った時の喜び。その夢に挫折《ざせつ》した時の悲しみ。そして、また夢を信じて歩き始めようと決めた時の強い心。私は、そんな永遠なる追憶、そして、永遠なる光をピアノで表現してゆきます。今夜は、本当にありがとうございました」

大きな拍手は、しばらく鳴り止まなかった。

エリナの瞳は、望みある未来に対する輝ける涙であふれた。

第十二章 （クリスマスローズと青春の光）

あたたかい春風が、ココナッツミルクのように甘く吹いていた。

草原でポーチを枕に寝そべる健太。

その横には、風に舞うアゲハチョウをながめて微笑《ほほえ》むエリナ。

「健太に会えて、本当に良かった」

「何だよ、突然……」

「突然じゃないよ。ずっと思ってたの」

「えっ？」

「健太がいなかったら、私、とっくに夢をあきらめてた。健太がいてくれたから、今の私がいる。健太、ありがとう」

「照れるだろう。そんな事、言わなくていいって」

「ううん。言わせて。健太の存在が、私には、嬉しかったの。本当だよ」

「……」

健太は、少し頬を赤らめて、エリナを見つめた。

エリナは、健太の目を見て、まっすぐに言った。

「ねぇ、私のこと、好き？」

「う、うん」

「友達として？　女として？」

「……」

「私、健太の彼女になりたい！」

「えっ？」


二人に吹く優しい風は、永遠につづく……。

＊この物語に登場する人物等は、すべて仮名です。
また、病気の症状については、個人によって異なります。

永遠なる光とエーデルワイス

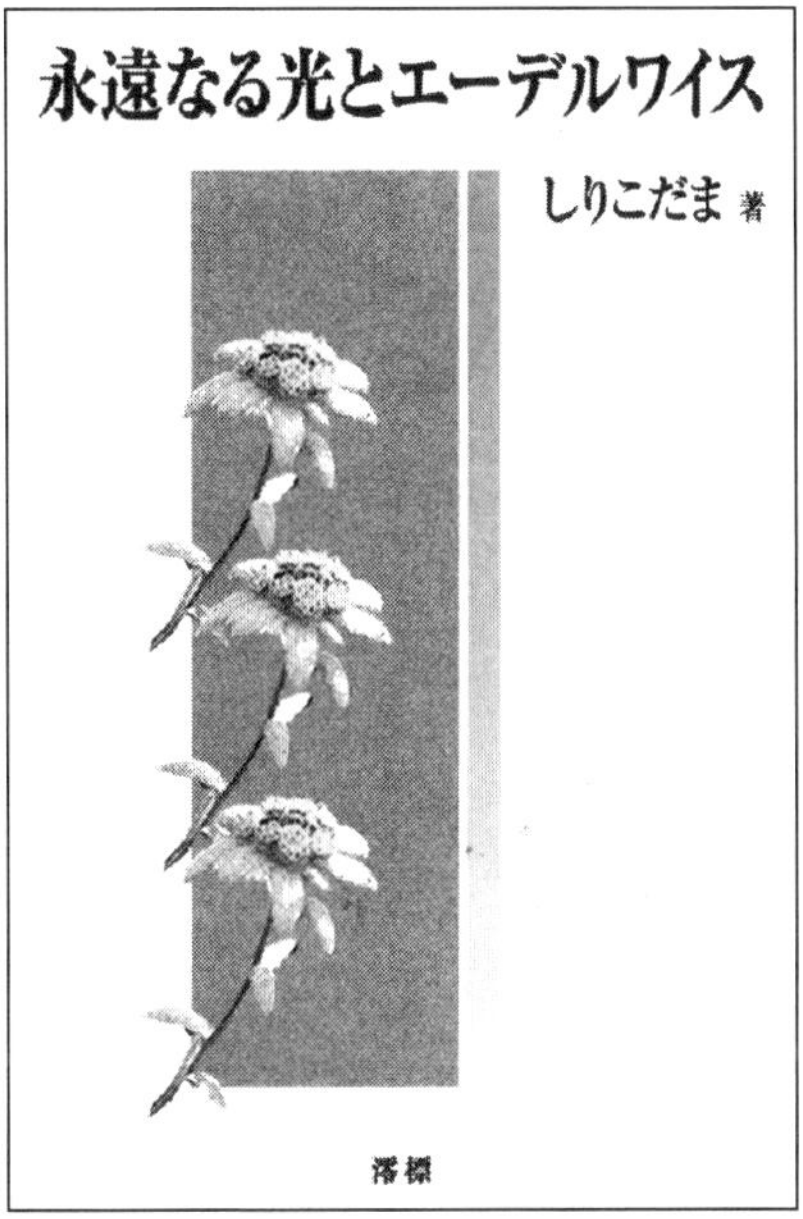

2005年出版（しりこ当時33才）

第一章（永遠なる光とエーデルワイス）

ココナッツホワイトの日差しは、並木道に吹く秋風を優しく彩り、ひらひらと舞い散る銀杏《いちょう》の葉が、まるで天使の羽に見える。そんな穏やかな昼下がり。

夏子《なつこ》は、季節のうつりゆく景色を眺めながら、新しい明日への第一歩を踏み始めようと心に決めていた。

わずか一時間前に、上司のデスクに辞表を提出して、十二年に渡り勤めつづけた会社をあとにしたばかり。夏子には、後悔すらもなく、ただあるのは、輝ける未来に向けての光。そして、夢……。

夏子の夢は、小さなカフェを経営する事。

客に心から愛される店を作りたい。

メイン・ドリンクは、チャイ。

チャイとは、インドのミルクティーである。濃いミルクにインドの茶葉を味づけて作る。

学生の頃、一度だけインドへ旅行した事があって、その時に飲んだチャイの風味を自分の店で披露したい。

夏子は、その願いをずっと夢みながら、会社では、上司の会議資料をコピーしたり、同僚のお茶を入れるなど、雑用の仕事に徹していた。

しかし、こんな不変的な毎日が、無意味に思う時がある。

悩みに悩んだ末、夢をあきらめられず、夏子は、会社の休日を利用して、パティシエ・スクールにてケーキ作りを学んで、調理師免許を取得した。

就職してからの十二年、ずっと働きつづけた夏子。

同僚たちは、時計の針が終業時を告げると、カラオケ、コンパ、居酒屋へと遊びに繰り出してるというのに、夏子といえば、ひたすらカフェ開業に向けての準備に励んでいた。

友達と遊びに行く事さえ、ほとんどなかった。

決して、協調性に欠けてるわけではない。

すべては、夢みる未来の為であった。

そして、夏子は、遂に会社を退職し、夢に向かう事に決めた。

新しい門出にふさわしく、今日は、夏子の誕生日。

三十二才になる。

並木道に舞う銀杏の葉が、まるで夏子の旅立ちを祝っているようだ。

夏子は、公園のベンチに座り、青い空に夢をなぞらえながら、自分の選んだ道は間違っていないと確信した。

夏子の一途な想いは、流れゆく雲のように果てしなく、永遠なる光を照らしつづけた。

第二章（永遠なる光とエーデルワイス）

夏子は、あたたかいキャラメルラテにアルファベットチョコをひとつ溶かして、それをゆっくり飲みながら、今、人生のスタートラインに立っている。

十年前に亡くなった祖母が、夏子に一軒の空家《あきや》を残していた。夏子がまだ幼かった頃、祖母とよく遊んだ思い出の場所である。夏子は、十年振りに祖母の空家を訪れた。そして、部屋を見渡しながら、ここで店を始めようと決めた。

そこは、木造の古い小さな家だった。

十畳の座敷と、一畳程の狭いキッチン。

決して、お洒落とは言えないが、そこには、ぬくもりがある。

立派なカウンターなんて必要ない。

有名な職人が作ったテーブルなんて必要ない。

本当に必要なのは、客の笑顔だ。

この部屋にいると、胸がときめく。そして、優しい気持ちになる。

あえてリフォームせず、このままでいい。

祖母の思い出に見守られながら、ここで自分のチャイを客に飲んでほしい。

チャイだけでなく、もっと他にもメニューを決めなくては……。

夏子は、まだ見ぬ客の笑顔に心ときめきながら、パティシエ・スクールにて学んだ知識で、さまざまなスイーツをキッチンで作った。

ショコラ。

ティラミス。

タルト。

ミルフィーユ。

メロンシャーベット。

ワッフル。

ストロベリーカスタードサンド。

シフォンケーキ。

キャラメルチーズ。

フランボワーズゼリー。

夏子は、この店を『アージュ』と名付けた。
新しい人生の始まりである。

第三章（永遠なる光とエーデルワイス）

アージュ、開店の日。

十畳の座敷には、木製の丸いテーブルが三つと、座布団が十二枚。

開店して、一時間すら経たないうちに、アージュは客でいっぱいになった。

数日前から、駅前やオフィス街で道行く人々に、店のフライヤーを手渡した効果と、夏子のアージュに対する想いが実ったのだろう。

幸先《さいさき》が良い。

勿論、店の狭さから見ると経営的には限界があり、決して商業的に成功するとは思えないが、夏子は、それで良かった。初めからアージュに儲けなど、あまり期待していなかった。

複雑な社会の中で、ほんのささやかな安らぎを求めて来店する客の優しげな表情を見ているだけで、夏子は、幸せなのである。

携帯電話、インターネットメールなどで常に忙しく、心を休める暇さえない現代人にとって、アージュは、心のオアシスのような存在である。

いつしか、毎日のように来店する客が増え、その光景は、まるで客というより、ファンと称したほうが正しくもある。

アージュのあたたかな空気が、ファンに優しい気持ちを与えてくれる。

或る日、画家の道を志す青年が来店した。

「このお店で、個展を開きたいんですけど……」

「個展……ですか？」

「はい」

「すみません。うちは、このような小さいカフェですので、あいにく個展を開くようなスペースはございません。せっかくの有難い御要望なんですけど、この店では無理だと思います」

「わかりました。僕のほうこそ無理言ってすみません」

しかし、夏子は、青年の純粋な気持ちに応えてあげたいと思いながら、店の中を見渡した。

そして、店の壁には、絵が飾られていない事に気づいた。

夏子は、青年に言った。

「畳の上で個展は難しいですけど、キャンパスを幾つか壁に飾ってみるのは？」

「えっ、いいんですか？　嬉しいです。お願いします！」

「私のほうこそ、ぜひお願いします」

「ところで、お幾らですか？　壁を使わせていただくには……」

「お金なんて、いりませんよ」

「それでは、僕の気が済みません」

しばらくそのまま立ち尽くして、少し悩んで、青年が言った。

「では、このお店で働かせて下さい。アルバイトではなく、お手伝いで。お願いします」

青年の名は、純平《じゅんぺい》。二十一才。この日から、アージュのスタッフになった。

第四章（永遠なる光とエーデルワイス）

純平が店で働き始めて、アージュは、ギャラリーカフェに生まれ変わった。

「毎日が個展だなんて嬉しいです。夢みたいです」

そう言いながら、ほほえむ純平。

夏子には、純平のあどけない笑顔、やわらかい口調、夢みる心、すべてが輝いて見える。

壁に飾ってある純平の絵は、アージュを素敵な空気で彩り、客にも評判が良かった。

若き画家の絵を眺めつつ、チャイを味わう客の優しい表情が、夏子には、何より嬉しくて、とても幸せだった。

「純平君、これ少ないんだけど」

「えっ？」

「アルバイト代には、ほど遠いけど。ほんの気持ち」

「僕、そんなつもりじゃ……。絵をお店に飾っていただけるだけで光栄なんです」

「気にしなくていいから」

夏子の優しさ、そして、純平のただひたすら純粋な心が、アージュに素晴らしいハーモニーを与え、あたたかな空気を作っていた。

営業時間が終わり、店の後片付けが済むと、純平は、朝方まで白いキャンパスに筆をなぞる。

純平は、毎日のように絵の作業をつづけていた。

そんな純平の体調が心配でたまらなかった夏子。

「純平君、少しは休まないと……」

「僕、自分の絵を多くの人に見ていただくのが夢なんです」

「でもね」

「平気です。お客様が僕の絵を眺めつつ、チャイを飲んで下さるのが本当に嬉しくて。だから、毎日、お客様に新しい絵を見てほしいんです」

「その気持ちもわかるけど、純平君、頑張りすぎてるんじゃない？」

「大丈夫ですよ」

そんな或る日……。

純平は、高熱でダウンした。体温計は、三十九度に達している。

時折、ぐったりと疲れ果てたような純平の姿があった。

純平自身も気がついていたが、ただの過労だと思っていた。

しかし、発熱と共に下腹部が少しずつ痛み始め、純平の身体は病みつづける一方である。

これは、ただの過労ではない。

そう思った夏子は、純平に病院で診察を受けるよう説得した。

純平にとって、夏子にとって、そして、アージュにとって、波乱なる日々の始まりとなった。

第五章（永遠なる光とエーデルワイス）

大学病院で診察を受ける純平。

まずは、下腹部に病があるかどうか調べる為、レントゲンとエコーの検査。

そして、血液検査で炎症数値を測る。

医師は、純平の検査が予定より長くつづくと判断して、入院を決めた。

こうして純平の入院生活が始まった。

アージュの開店前と閉店後、毎日欠かさず、お見舞いに訪れて純平を励ます夏子であった。

「早く元気になって、また絵を見せてね」

「夏子さん、いつもありがとうございます」

純平には、夏子の優しさが、心の支えになっていた。

「アージュのお客さん、みんな待ってるよ。純平君と純平君の新しい作品をね」

「じゃあ、早く元気にならなくちゃ」

「うん」

「ところで、夏子さん、まだお店には？」

「今日は、臨時休業」

「えっ？」

「一日だけだから安心して。私……、今日は、ずっと純平君のそばにいていい？」

「はい」

病室の窓が、オレンジ色の夕陽に染まった時、夏子は、少し寂しげにつぶやいた。

「純平君、ごめんね。私が無理させてたんだよね」

「違いますよ。僕が頼んで働かせていただいてるんです。それに下腹部の痛みも、お店でお世話になる前からですし、それに……」

少し戸惑いながら、夏子を安心させようとする純平。

そんな純平の横顔を眺めながら、穏やかな心になる夏子。

「ありがとう。純平君は、本当に優しい子ね」

夏子の人生において、こんなに心が美しくて、こんなに純粋で、思いやりのある人は、きっと誰よりも純平であろう。

優しい心でつながっている二人……。


また翌朝から、純平の検査がつづいた。

一ヶ月に渡り、注腸造影など、さまざまな検査を受け、やっと純平の病名が判明した。


純平の病名、それは……虫垂癌《ちゅうすいがん》。


「僕、癌なんですか？」

決して、信じたくない。

医師からの宣告に、純平は、自分の耳を疑った。

そして、純平の更なる闘病生活が始まった。

第六章（永遠なる光とエーデルワイス）

虫垂癌という宣告を受けた純平の心は、不安でたまらなかった。

灰色の雲が流れる空を眺めては、大きな溜息をつく純平である。

すべてが悲しく見える。

少しずつ変わりつつある心情。

「夏子さん、お店のお手伝いができず、本当にすみません」

「気にしないで。今は、病気と向きあう事が大切だよ」

「でも、土曜とか日曜みたいに、お客様の多い日なんて大変でしょう？」

「大丈夫よ。安心して」

「大丈夫……ですか……」

純平は、自分だけ取り残されてゆく気がしていた。

もうアージュに、自分は、必要ない。

逆に、自分なんていないほうが良いのでは……。

悲しげに、そんな事を思う純平であった。

「僕、治らないんですよね」

「何を言ってるの？　手術で治るわよ。お医者様だって、おっしゃってたでしょう」

「もういいですよ」

「純平君らしくないわよ！」

今の純平には、どんな言葉さえ慰めにならない。

純平は、絶望に打ちひしがれて、悲しみの雨が彼の心に降りつづける。

ただ、不安なる現実に流されるばかり。

あらゆる苦悩に心を痛める純平の姿。

夏子は、そんな純平の心情をわかっているのに、何もしてあげられない自分がつらくてたまらなかった。

そんな毎日がつづいた。


ある夜、なかなか寝つけない純平は、病室を出て、廊下にある休憩所で、朝になるのを待つ事にした。

ここでは、純平みたいに寝つけない患者がたくさんいて、眠くなるまで、新聞を読んだり、雑談したり、イヤフォンで音楽を聴いたりしている。

その中に、原稿用紙と向かいあう青年がいた。

名前は、小山《こやま》シゲル。作家である。

純平と同じ病棟のフロアで入院している。

「ここで、よく徹夜してるんですか？」

「眠れない夜は、ここで仕事してるんです。病気と闘ってるのは、自分だけではなく、ここいる皆さんも同じ心情なので、それぞれが応援したり応援されたりね」

「僕は、色々と気になって眠れないんです。手術の事とか」

「手術？　何の病気ですか？」

「虫垂癌です。お兄さんは？」

「ベーチェット病です」

「たしか、ベーチェット病って、不治の病でしょう？」

「現代では、不治の病と言われてるけど、常に医学は進歩してます。あなたの虫垂癌だって、昔は不治の病と言われてたけど、現代なら手術で治る病気です。僕だって、あきらめてません。どんなに苦しくても、つらくても、悲しくても、この病気と闘いつづけます。そして、信じてます。未来に光がある事を……」

シゲルの言葉が、純平の胸に沁みた。

純平は、嬉しくて涙が止まらなかった。

「実は、僕、あきらめていたんです。虫垂癌の宣告を受けた時、治らないんだと。そして、僕の事を大切に想ってくれてる人にさえ、悲しい気持ちにさせていました。でも、お兄さんの話を聞いて、僕もあきらめないと決めました」

「一緒に頑張りましょうね」

「ありがとうございます！　頑張ります！　病気に負けません！」

純平は、また素直で明るい純平に戻った。

そして、純平とシゲルは、毎日のように語りあった。

「シゲルさんの夢って何ですか？」

「せっかく難病者という人生を歩めたのだから、病気と立ち向かう事の大切さとか、多くの人に伝えてゆけたらいいいな」

「僕も絵を通じて、色んな事を伝えたいです」

「純平君は画家として、僕は作家として、夢とか希望とか、たくさんの人に伝えてゆきましょう」

純平は、二十一才。

シゲルは、三十二才。

まるで二人は、本当の兄弟のようだった。

第七章（永遠なる光とエーデルワイス）

シゲルが退院して数日が経った頃、純平の手術日が決まった。

翌週の水曜日である。

「夏子さん、お願いがあるんですけど」

「何？」

「来週の火曜日に、シゲルさんの闘病講演があるんですけど、手術の前日なので、僕、行けなくて。だから、夏子さんに行ってほしくて」

「いいわよ」

「で、その時、スイートピーを一本、シゲルさんに渡していただけますか？」

「スイートピーを一本？」

「シゲルさん、お花が好きみたいで、特に、スイートピーが好きなんです」

「わかったわ」

すっかり明るく前向きになった純平を見て、夏子は、安心した。

手術前日……。

「純平君、おはよう。調子は？」

「大丈夫です」

「見て、スイートピーだよ」

「うわぁ、なんて素敵な花なんだ。シゲルさんがスイートピーを好きな気持ちわかります」

「私も好きよ、スイートピー」

「夏子さん……」

「えっ？」

「何から何まで、ありがとうございます」

「じゃあ、シゲルさんの講演に行くね」

夏子は、にっこり笑って、病院を出た。

純平の気持ちを大切にしてあげたい、そんな想いを胸に会場へ向かった。

そして、講演が始まった。

会場には、さまざまな病気と闘っている人たちがいた。

また、病気と闘っている人を応援する人たち、病気と闘っている人の心情を理解しようとする人たちがいた。

シゲルは、病気と向きあう事の現状と命の尊さを自分なりの言葉で語った。

壇上で語られる一言一言を純平へ伝える為に、夏子は、誠心誠意でシゲルの言葉に心と耳を傾けた。

講演は、三十分程で終わり、会場は、大きな拍手でシゲルにエールを捧げた。

その時である。

夏子は、壇上へ駆け寄り、シゲルに一本のスイートピーを手渡した。

スイートピーを手にしたシゲルは、客席に向けて言った。

「この美しいスイートピーの色を一生忘れません。そして、命ある限り、心に光を絶やさず、精一杯、生きます！」

第八章（永遠なる光とエーデルワイス）

手術当日……。

「純平君、頑張ってね」

「ありがとうございます」

「純平君は、アージュにとって必要な人よ。私にとっても……」

「夏子さん……」

「純平君の絵、私、大好き！　もちろん、アージュのお客さんも、みんな純平君の絵が好きなんだよ」

「夏子さんの作るチャイもね！」

純平は、優しくほほえんで、手術室へ向かった。

手術室にて……。

脊髄の硬膜外に麻酔を注射し、純平の手術が始まった。

両手を合わせて、祈りながら、手術室の前で待つ夏子。

「あっ、皆さん、わざわざ来て下さったんですか？」

なんとアージュの常連客たちが、応援に駆けつけた。

「我々にとっても、純平君は大切な存在だからね」

常連客たちは、手術が無事終わるのを待つ夏子をあたたかく励ました。

みんなの優しさが、夏子にとって心の支えになった。

「とにかく、手術が成功することを祈ろう」

そう言って、ひたすら祈る常連客たち。

「まだ終わらないのかな？」

客の一人が言う。

「長いよね。時の経つ長さを改めて感じるよね」

時計に目を向けては、溜息をつくばかり。

すると、また一人、応援に駆けつけた。

「あっ、シゲルさん……」

「今日は、純平君の手術だと聞いていたので」

「お忙しいのに、ありがとうございます」

「僕にとって、純平君は、心の弟です」

「そう言っていただいて、本当に光栄です」

アージュの常連客たち、シゲル、夏子は、祈りつづけた。

必ず手術が成功するように、と……。

そして、また元気な純平に会えるように、と……。

「神様、お願いします」

夏子は、両手を合わせたまま、手術が無事終わるのを待った。

第九章（永遠なる光とエーデルワイス）

純平の手術の日から、二ヶ月が経った。

「いらっしゃいませ！」

明るい声が、店いっぱいに響き伝わる
そこには、元気な姿の純平がいた。

初めて会った頃と変わらない純平の笑顔が輝いている。


手術は、成功していた。


純平は、心の風景を白いキャンパスに描いている。

夏子は、純平の横顔をほほえましく眺めつつ、チャイを作っている。

客は、純平の描く絵を見て、夏子の作るチャイを飲み、素敵なひとときを味わう。

それが、アージュの空気と世界である。

若くして両親を亡くした純平は、高校卒業まで親戚の家で暮らした。

卒業後は、独学で絵画を学んで、アルバイトに励みながら、画家の道を志した。

なぜ、画家の道を志したのか？

十二才の誕生日を迎えた時、両親は、純平にスケッチブックと色鉛筆を贈った。

純平は、花とか、夕陽とか、心のスクリーンに映る風景をスケッチブックに描いては、毎日のように、両親へ得意気に自分の絵を見せていた。

「純平ちゃんは、将来、画家さんになるのかな？」

両親の口癖だった。

父は、肺癌をわずらっていた。進行するばかりで、余命宣告まで受けていた。

この世に存在するべく余命に対し、父は、病院ではなく自宅での療養を選んだが、三ヶ月の療養を経て他界した。

そんな父を誠心誠意で看病しつづけた母も、病名が違えど心臓病と闘う身でいて、父が亡くなった七ヶ月後に他界した。

純平が十三才の誕生日を迎える直前の出来事である。

スケッチブックと色鉛筆は、両親がくれた最後の贈り物となった。

純平にとって、両親との最後の思い出であり、宝物である。

両親が亡くなった時、純平は、両親の口癖の「将来、画家さんになるのかな？」という思い出を胸に、画家の道を志した。

夏子は、純平に初めて会った時、彼のひたむきで純粋な夢を大切に見守ってあげたいと感じた。

今となっては、純平の夢を応援する事こそが、夏子の人生なのだろう。

夏子は、純平が愛しくてたまらなかった。

第十章　（永遠なる光とエーデルワイス）

並木道は、すっかり冬景色。
うららかな風が、街を彩っている。
優しくて……。
穏やかで……。
銀杏の落ち葉が美しい。

純平は、アージュの壁に飾る為、新しい絵をキャンパスに描いた。
白い花、エーデルワイス。
その絵は、夏子に対する気持ちでもあった。
エーデルワイスの花言葉。
……大切な思い出……。

二人には、たくさんの思い出がある。
そのひとつひとつが、二人にとって、永遠なる光。

二〇〇三年十二月。
夏子と純平は、結婚した。
大切な思い出が、またひとつ増えた。
アージュには、いつもエーデルワイスの絵が輝いている。

あなたにとって、大切な思い出は、いくつありますか？

＊この物語に登場する人物等は、すべて仮名です。
また、病気の症状については、個人によって異なります。

あとがきにかえて

この頃の僕といえば、ベッドサイドに置かれた時計のアラームが鳴る二分前に目が覚めて、真っ先に猫のエーデル君のミルクを温め、お腹を空かせたエーデル君にカリカリをあげて、僕は、あくびをしながらシャワールームへ向かいます。これが僕の一日の始まりです。

冷蔵庫のクランベリージュースを飲みながら、ポールマッカートニーのレコードをターンテーブルに回転させて、執筆部屋の出窓に眩しい太陽の光が反射する瞬間まで、ワードプロセッサーのキーボードに指を泳がせたまま。

ランチタイムは、散歩がてらに外食が多く、最近のお気に入りとして、ディオールの近所にあるオープンカフェにて、野菜とパイナップルのサンドウィッチを少し冷めたキャラメルラテと共に食します。

こんな不変的な一日一日こそが、僕にとっては、うれしいのです。

完全型のベーチェット病であると、お医者様に告げられたのは、二十五才の秋でした。その日より、もうすぐ四半世紀を迎えます。時が流れるのは、早いのか遅いのか、いまだにわかりません。

福祉ボランティア活動で知り合った同じベーチェット病患者の千崎東亞雄さんは、僕と同じ完全型で、僕と同じ症状に苦しみ、僕と同じお薬を飲んでいました。千崎さんは、若くして失明し、盲目となり、車椅子生活を送っていました。十年程前でしょうか。天国へ旅立たれました。

こんな思い出があります。千崎さんの家にお呼ばれし、よく湯豆腐をいただいたのを憶えています。千崎さんは、ビールを飲んで少し赤ら顔になると、「いつか自叙伝を出版したい。その時は、しりこちゃん、相談にのってね」と幾度か僕におっしゃっていました。結局、御存命の時ではなく、亡くなられてから、御身内の方々により遺稿集として出版されました。僕も取材のテープ起こしなどで少しお手伝いをさせていただいたのです。

最期まで懸命に生き抜いた完全型ベーチェット病の大先輩である千崎さんは、僕にとって心より尊敬できる存在です。なぜなら、盲目で車椅子生活という人生を笑顔で生き抜いてこられたのですから。

人生、やっぱり前向きな心で生きてゆくべきですね。

たしかに、つらい事、苦しい事、悲しい事の多い人生ですが、あきらめる事なく、自分を信じて生きてゆきたいです。

自分を信じる……それが生き抜く「自信」につながるのでしょう。

もちろん、人間なので、生き急いでしまい、立ち止まるのを忘れてしまう事もあります。そんな時は、自分が歩みゆく人生という名のアスファルトの道路に、白いペンキで「止まれ」と大きく目立つように書いてみるといいですね。

そして、自分で自分の生きてゆく歩幅を見つめ直すのです。

健《すこ》やかなる心こそが必要ですから。

あせらずに、一歩ずつ、一歩ずつ。

今の僕は……。

身体は、病んでいますが、心は、元気です。

安心して下さいね。

さて、この度、前作『海辺のカフェと恋人たち』から一年以内に、本書『しりこのまなざし』を出版しました。過去に出版した闘病小説の中から三作を選んで一冊にまとめました。部分的に書き直したのですが、お気づきになられましたか？

この『しりこのまなざし』を読んで下さった皆様との「縁（えにし）」をこれからの人生において、僕は、大切にしたいと思います。

皆様にとって、『しりこのまなざし』が、かけがえのない一冊になりますと幸甚です。

二〇一九年三月　しりこだま
（通称しりこ）

著者紹介

通称しりこ。1971年、大阪府に生まれる。近畿大学法学部卒。難病の完全型ベーチェット病患者として闘病講演を実施し、テレビやラジオにも出演するなど、あらゆるメディアを通じて熱心なファンが多い。
主な著書に「逆流する血液とベゴニアの朝」「不治の病とスイートピー」「永遠なる光とエーデルワイス」「インシュリン」「メモリーズ」「クリスマスローズと青春の光」「ロマンス」「ソネット」「海辺のカフェと恋人たち～しりこ詩集～」がある。

公式ホームページ● http://shiriko.jp

しりこのまなざし
～ソネット、クリスマスローズ、エーデルワイス～

著　者　しりこだま
発行日　2019年5月1日
発行者　高橋 範夫
発行所　青山ライフ出版株式会社
〒108-0014 東京都港区芝 5-13-11 第2二葉ビル 401
TEL：03-6683-8252
FAX：03-6683-8270
http://aoyamalife.co.jp
info@aoyamalife.co.jp
発売元　株式会社星雲社
〒112-0005 東京都文京区水道 1-3-30
TEL：03-3868-3275
FAX：03-3868-6588

ISBN978-4-434-25960-9

海辺のカフェと恋人たち

～しりこ詩集～

ISBN978-4-8150-0667-9